CONSEILS

DONNÉS

A UNE JEUNE DEMOISELLE

Pour le Jour de sa Fête,

PAR M. PANARD.

A PARIS.

M. DCC. LIII.

CONSEILS

DONNE'S

A UNE JEUNE DEMOISELLE

Pour le Jour de sa Fête.

Qu e d'autres, chez Flore, aillent prendre
Dequoi galamment vous fêter ;
De l'hommage qu'on doit vous rendre
Les Muses sçauront m'acquitter.
D'un ton plus utile qu'aimable
Je vais, si vous le permettés,
Dans le langage de la fable
Vous dire quelques vérités.

L'insecte, dont la trompe aiguë
Picote les dons du Printems,
Au sein même de la ciguë
Sçait trouver des sucs bienfaisans ;
Ainsi ma Muse en sa naissance
Vouée au genre des Chansons,
Du sein même de la licence
Sçut tirer d'utiles leçons.

A ij

Sur votre agréable figure
Mes vers, s'il vous plaît, se tairont ;
Vos yeux mieux que toute écriture
Bientôt vous en informeront.
Déja des traits qu'ils vous préfentent
L'amour propre leur fçait bon gré :
Si l'on croit les yeux lorfqu'ils mentent,
Que fait-on, quand ils parlent vrai ?

Fiez-vous aux vôtres, Cécile,
Puifqu'ils difent la vérité ;
Mais craignez la pente facile
Qu'ils vous font à la vanité.
L'orgueil eft la pefte maudite
Des attraits comme du fçavoir ;
Il n'eft point de plus beau mérite,
Que de croire n'en point avoir.

Le Dieu du Pinde qui fçait lire
Dans l'avenir le plus obfcur,
M'éclaire affez pour vous prédire
Qu'un deftin brillant vous eft fûr.
Aujourd'hui fous la vigilance
D'une Tante pleine d'amour,
Méritez par l'obéiffance
L'honneur de commander un jour.

L'âge agréable où l'on sçait plaire,
Est l'âge où les périls sont grands :
Les soins d'une guide si chére
Rassureront vos pas tremblans.
Ses conseils seront votre Egide,
Et vous ne tomberez jamais,
Avec un appui si solide
Dans aucuns piéges ni filets.

Quelque attrait qui chez vous éclatte;
Conservez toujours la douceur;
Cet heureux don si fort nous flatte,
Qu'il soutient jusqu'à la laideur :
C'est à ce charme que l'on donne
Le prix dans la société;
C'est le *Sancy* de la couronne
Dont on doit parer la beauté.

Sans cet appas que rien n'égale,
Le demi-Dieu si renommé,
Qui jadis brûla pour Omphale,
N'eût jamais été désarmé.
Ce que Géant, Hydre, Cerbére;
Taureaux & Lions en fureur
Contre Hercule n'avoient pu faire,
L'Amour l'a fait par la douceur.

Ce feroit une loi trop dure
Que de bannir l'ajuftement ;
Donnez , Cécile , à la nature
Le fecours de quelque ornement :
Mais que le foin de la parure
N'en détruife pas un meilleur ;
Songez , en parant la figure ,
Qu'il faut orner auffi le cœur.

Parez-vous de la modeftie ,
Rien au monde ne fied fi bien ;
De toutes les vertus amie ,
C'eft leur appui, c'eft leur foutien :
De fes traits les nuances fombres
Leur donnent un luftre plus beau ;
De même à peu près que les ombres
Font fortir les jours d'un tableau.

Tous les traits d'un efprit fublime ,
Tous les tréfors d'un corps charmant
Ne méritent que peu d'eftime ,
Sans les mœurs & le fentiment.
La beauté fût-elle adorable ,
Je fuis quand le cœur n'eft pas bon ;
Que me fait un vafe admirable ,
Qui n'enferme que du poifon ?

C'est sur la raison que se fonde
Toute la gloire de nos jours ;
Vous en priverez bien du monde ;
Tâchez de la garder toujours.
Ses rayons déja vous éclairent ;
Ne donnez pàs dans le défaut
De tant d'esprits qui ne l'acquèrent
Que pour l'immoler aussitôt.

Plus d'un Tircis avec adresse
Vantant aux Belles ses ardeurs,
Sçait pour endormir leur sagesse
Les bercer avec des fadeurs ;
Au cœur trop crédule il en coûte.
Fuyez ces conteurs doucereux :
Tous les hommes que l'on écoute
Ne sont que des menteurs heureux.

Du penchant la flatteuse amorce
Trop souvent, hélas ! nous séduit ;
Pour vous armer contre sa force,
Retenez bien le trait qui suit.
Une belle a bien de la gloire,
Quand elle régne sur les cœurs ;
Sur le sien gagner la victoire,
C'est-là le comble des honneurs.

Cette victoire est fort douteuse,
Dans le grand monde & le fracas.
C'est une mer trouble, orageuse,
Pleine d'écueils à chaque pas :
La raison souvent aveuglée
S'y perd & ressemble au poisson,
Qui dans l'eau bourbeuse & troublée
N'apperçoit aucun hameçon.

La rose orgueilleuse & superbe
Recherche l'éclat du grand jour ;
L'humble violette sous l'herbe
Fixe son modeste séjour.
Celle-ci long-tems est fleurie,
L'autre ne dure qu'un soleil ;
Laquelle des deux, je vous prie,
Prendrez-vous pour votre conseil ?

De tous les biens que l'on désire
Aucun ne vaut la paix du cœur ;
Je ne puis trop vous le redire,
Conservez-la par la rigueur.
Les meilleurs Amans sont à craindre,
Chez eux le changement est prompt ;
Sitôt qu'ils ne sont plus à plaindre,
Ce sont leurs Belles qui le font.

Une chagrine indifférence
N'eſt pas ce que je vous preſcris ;
Les ris ſoumis à la décence
Par Minerve vous ſont permis.
On peut être ſage & ſévére
Sans renoncer à l'agrément ;
Et le devoir le plus auſtére
Sympathiſe avec l'enjouement.

La nature nous a fait naître
Pour aimer la ſociété ;
Cherchons - la , mais il faut connaître
Pour s'y livrer en ſûreté.
Bien des dangers ſont à ſa ſuite ,
Et ſouvent nous nous y noyons ;
Preſque toujours notre conduite
Dépend de ceux que nous voyons.

Partant ſi jamais dans la vie
Vous formez quelque liaiſon ,
Prenez bien garde à quelle amie
Vous ouvrirez votre maiſon.
La contagion nous attrape
Par la ſeule odeur du venin :
Un grain gâté dans une grappe
Corrompt bien vîte ſon voiſin.

Si l'on en croit la voix publique,
Le Sexe à cauſer eſt ſujet ;
Sans approuver cette critique ;
Voici mon avis ſur ce fait.
La langue aux mortels ſçait produire
Du bien & du mal, c'eſt ſelon ;
Ne la réglons pas, rien n'eſt pire,
Gouvernons-la, rien n'eſt ſi bon.

Dans le cercle on eſt ſûr de plaire
Lorſque l'on riſque un trait malin :
Il faut, quand on oſe le faire,
Que la prudence y mette un frein.
Bien ſouvent tel qui toujours drape
Voudroit n'avoir pas ſçu parler;
Songez qu'un mot qui nous échappe
Ne peut jamais ſe rappeller.

Des deſtins l'Arbitre ſuprême
Doit un jour par ſes tendres ſoins
Vous mettre au point de ne pas même
Craindre l'approche des beſoins.
Dans quelque aiſance que l'on vive,
Cécile, il ne peut être beau
Qu'une Dame toujours oiſive
Méconnoiſſe aiguille & cizeau.

L'emploi du tems est d'importance,
Ne rien faire conduit à mal ;
D'une paresseuse indolence
Craignez l'effet toujours fatal.
Au travail quiconque s'adonne
N'y peut trouver qu'à profiter :
Vaquez-y, non pour ce qu'il donne,
Mais pour ce qu'il fait éviter.

Lisez : la lecture est utile
Pour le goût, pour le jugement.
Mais souvent on la rend stérile,
Pour n'en pas user sagement.
Il faut qu'avec soin l'on choisisse
Des livres qui fassent profit,
Et que notre cœur se nourrisse
De ce qui repaît notre esprit.

Qui veut tout apprendre, s'expose
A ne rien sçavoir comme il faut :
C'est à quoi la raison s'oppose ;
Tâchez d'éviter ce défaut.
Il est un dégré de lumiére
Dont chaque état doit se pourvoir :
Faites votre étude premiére
De ce que vous devez sçavoir.

Des talens l'exercice aimable
Procure un innocent plaifir ;
C'eft un paffe-tems agréable
Qui charme l'ennui du loifir.
Cultivez-les : leur doux ufage
Sçait divertir utilement.
Mais , au lieu d'en faire un ouvrage ;
N'en faites qu'un amufement.

Votre Patrone eft le modele
Qui doit diriger tous vos pas :
Elle a chanté , chantez comme elle.
Mais de grace n'oubliez pas
Qu'un bonheur pur & fans allarmes
Aux feuls agrémens n'eft point dû,
Et qu'il faut au clinquant des charmes
Réunir l'or de la vertu.

Toute la terre étant remplie
De ces cruels épilogueurs ,
Dont la maligne jaloufie
Sur des riens fait procès aux mœurs ;
Il faut que fur les bienféances
Le Sexe foit très-attentif.
Du mal les feules apparences
Pour lui font un mal effectif.

Voulez-vous donc rendre inutile
Des envieux le noir poison ?
Que votre conduite, Cécile,
Soit à l'abri de tout soupçon.
La sagesse veut qu'on retranche
Tout ce qui blesse le devoir ;
Elle est comme une étoffe blanche ;
La moindre tache s'y fait voir.

Peut-être est-ce trop pour votre âge
Qu'un langage si sérieux ?
Aussi jamais un tel ouvrage
N'eût été mis devant vos yeux,
Si je n'avois preuve évidente
Que l'esprit, le goût, la raison,
Gráce à votre Guide prudente,
Sont chez vous avant leur saison.

Daignez, avant que je finisse,
Agréer un vœu que je fais :
Que des Dieux la bonté propice
Protége & conserve à jamais
La Tante si sage, si bonne,
Qui, pour vous conduire aux vrais biens,
Avec tant de zéle vous donne
L'ordre, l'exemple & les moyens.

F I N.

www.ingramcontent.com/pod-product-compliance
Lightning Source LLC
Chambersburg PA
CBHW061232050726
47594CB00009B/3875